Progetto grafico: Gaia Stock

© 2012 Edizioni EL, San Dorligo della Valle (Trieste)
ISBN 978-88-477-2859-2
Stampato da LEGO S.p.A., Vicenza

www.edizioniel.com

C'ERA UNA FIABA...

Il principe ranocchio

da J. e W. Grimm

...raccontata da Roberto Piumini
illustrata da Nicoletta Costa

Edizioni EL

Un re aveva una figlia così bella che persino il sole, che vede ogni bellezza, quando la vedeva si meravigliava.
Vicino al castello c'era un bosco, e nel bosco una sorgente. Nelle ore calde la principessa andava a sedersi sul bordo della fonte. A volte lanciava in alto una palla d'oro, e la riprendeva al volo.

Un giorno la palla cadde a terra, rotolò in acqua, e sparí. La sorgente era profonda, non si vedeva il fondo. La principessa piangeva, piangeva, non si poteva consolare.
"Perché piangi?" disse una voce.
Lei guardò. C'era un ranocchio che sporgeva la testa dall'acqua.
"Piango per la mia palla d'oro, caduta nella fonte!"

"Ci penso io, principessa. Cosa mi darai, se la ripesco?"
"Quello che vuoi: vestiti, perle, gioielli, persino la mia corona!"
"Vestiti, perle, gioielli e corona non li voglio," disse lui. "Ma se potrò esserti amico e compagno di giochi, sedere alla tua tavola, mangiare dal tuo piatto, bere dal tuo bicchiere, dormire nel tuo letto, ti riporterò la palla."
"Prometto tutto, purché me la riporti!" disse lei.

Il ranocchio si tuffò, tornò in superficie con la palla in bocca e la buttò sull'erba. La principessa, piena di gioia, la prese e corse via.

"Aspetta!" gridava lui, "Non posso correre come te!"

Ma lei non l'ascoltò, corse a casa e dimenticò la povera bestia.

Il giorno dopo tutta la corte era seduta a pranzo quando, ciaf, ciaf, ciaf, qualcosa salí la scala di marmo, bussò e gridò:

"Principessa, apri questa porta!"

Lei aprí, e si vide davanti il ranocchio. Allora sbatté la porta, e sedette a tavola, tremando. Il re si accorse che aveva paura, e disse:

"Che hai, bimba mia? Alla porta c'è un gigante che vuole rapirti?"

"No," rispose lei. "È solo un brutto ranocchio."

"Cosa vuole?"

"Ieri la mia palla d'oro è caduta nella fonte. Lui l'ha ripescata, e gli ho promesso che sarebbe diventato il mio compagno."

Si udí bussare per la seconda volta, e gridare "Principessa, ricorda la promessa, e apri questa porta!"
Il re disse:
"Quel che hai promesso, devi mantenere: va' e apri."
Lei andò, aprí, il ranocchio entrò, saltellò fino alla sedia. "Mettimi su," chiese.
Lei esitava, ma il re le ordinò di farlo. Dalla sedia, il ranocchio salí sul tavolo, e disse:
"Avvicina il tuo piatto."

La principessa avvicinò il piatto. Lui mangiò con appetito, ma a lei ogni boccone rimaneva in gola. Poi lui disse:

"Sono stanco. Portami nella tua camera, metti in ordine il tuo letto di seta e andiamo a dormire."

La principessa si mise a piangere: aveva ribrezzo del ranocchio freddo e viscido, e ora doveva dormire con lui. Il re le disse:

"Non disprezzare chi ti ha aiutato."

Lei prese la bestia con due dita, la portò in camera, e la mise in un angolo. Ma quando fu a letto, ciaf, ciaf, ciaf, il ranocchio venne saltando e disse:
"Voglio dormire bene come te, tirami su."
Allora lei, furibonda, lo prese, lo gettò contro la parete, e gridò:
"Ora starai zitto, orribile ranocchio!"

Ma quando lui cadde a terra, non era piú un ranocchio: era un principe dagli occhi ridenti. Raccontò che era stato stregato da una cattiva maga e che nessuno, all'infuori della principessa, avrebbe potuto liberarlo. "Domattina verrai con me nel mio regno," disse.
La mattina, quando il sole li svegliò, arrivò una carrozza guidata dal servo del giovane re, il fedele Enrico.

Bisogna sapere che il fedele Enrico era cosí triste, quando il suo padrone era stato trasformato in ranocchio, che si era fatto mettere tre cerchi di ferro intorno al cuore, perché non scoppiasse dall'angoscia. Ora la carrozza riportava il giovane re nel suo regno. Il fedele Enrico vi fece entrare i giovani e salí alla guida, pieno di gioia.

Quando ebbero fatto un po' di strada, si sentí uno schianto. Il principe gridò:
"Enrico, si è rotto il cocchio?"
Enrico rispose:
"No, un cerchio sul mio cuore!"
Altre due volte si sentí quello schianto: erano gli altri due cerchi attorno al cuore di Enrico, che si rompevano per la felicità.

C'ERA UNA FIABA...

1   Scarpafico
2   La lepre e la tartaruga
3   La principessa sul pisello
4   I musicanti di Brema
5   Fratellino e Sorellina
6   La favola del mercante
8   Giovannin senza paura
9   Hansel e Gretel
10   La cicala e la formica
11   I tre porcellini
12   Il brutto anatroccolo
13   Cenerentola
14   Pollicino
15   Il gatto con gli stivali
16   Biancaneve
17   Pinocchio
18   Quante? Quattro!
19   Il vestito nuovo dell'Imperatore

20	Quattro fiabe per te
21	Il corvo e la volpe
22	Il gigante egoista
23	Riccioli d'Oro e i tre orsi
24	Barbablú
25	Le fiabe amiche
26	Il Principe Felice
27	La bella addormentata
28	Il pifferaio di Hamelin
29	Quattro fiabe nel sacco
30	Peter Pan
31	La volpe e l'uva
32	Il lupo e i sette capretti
33	Chi non le sa, le senta
34	La sirenetta
35	Aladino
36	Pelle d'Asino
37	La bella e la bestia
38	Fiabe e favole amiche
39	Il fagiolo magico
40	Il principe ranocchio